MARIO, UNA VIDA DE RESILIENCIA

Vladimir Tlapapal

MARIO, UNA VIDA DE RESILIENCIA

Editado por: Corporación Ígneo, S.A.C.
para su sello editorial Ediquid
José Olaya 169, Ofic. 504, Miraflores. Lima, Perú
Primera edición, octubre, 2023

ISBN: 978-612-5112-56-9
Impresión bajo demanda

Hecho el Depósito Legal en la Biblioteca Nacional del Perú N° 2023-08895
Se terminó de imprimir en octubre de 2023

www.grupoigneo.com
Correo electrónico: contacto@grupoigneo.com
Facebook: Grupo Ígneo | X: @editorialigneo | Instagram: @grupoigneo

Colección: Nuevas Voces

ÍNDICE

A mis padres, por sus ejemplos;
a mis hijos, por sus sueños.

PRÓLOGO

«—Mario, ¿para ti qué es la resiliencia? —le pregunté en esa oportunidad.

—¿Resi... qué? —balbuceó él, un tanto desconcertado—. ¡Flaco, no conozco esa palabra!».

Recuerdo que así iniciamos nuestra plática en esa mañana fría y con neblina en el Café El Quiosco. Por lo poco que conocía de su vida, me parecía que en el trayecto de su historia había afrontado de forma resiliente muchas circunstancias. En algunas de las reuniones sociales en las que habíamos coincidido en años anteriores había escuchado anécdotas contadas por él acerca de cómo enfrentó las condiciones de grandes retos (de tipo psicosocial, según mi opinión) durante su infancia, juventud y en la etapa adulta. Ante tales relatos, asumí que la palabra resiliencia era parte de su vocabulario y de su entendimiento cotidiano, ya que se reflejaba de continuo en su personalidad.

Aunque fue grande mi sorpresa cuando escuché su respuesta, esta me causó más interés para involucrarme en su historia, aprender de ella y juntos ampliar sus significados. Durante el tiempo en que he escuchado otros relatos, en mi afán de interpretar conceptos inherentes a la psicología social, me he topado con el hecho de que las personas, en su realidad cotidiana, no reflexionan lo suficiente sobre la fortaleza mental que han ido desarrollando en cada una de las etapas de su vida. Por lo visto, no les gusta profundizar y cuestionar a su ego e incluso no son conscientes de la existencia de este; es decir, no increpan sus creencias limitantes. Aquí hago énfasis en una perspectiva muy a mi parecer: sin la introspección dirigida a nuestro ser, la resiliencia no se comprende, no se valora y, por lo tanto, no se refuerza.

En definitiva, las personas debemos dedicar tiempo al origen de nuestros pensamientos, cómo se formaron y las acciones derivadas de ellos. Cuando uno se deja llevar por las modas de las economías capitalistas, en las que se valoran mucho más los conceptos de *tener* o *hacer* que el de *ser*, la mayoría de nuestras reflexiones se encaminan a cuestionar las acciones que hemos realizado para poseer lo que tenemos; pocas veces nos preguntamos sobre lo que hemos hecho para ser como somos. ¿Cómo sabes que eres fuerte o débil mentalmente si no te lo preguntas a ti mismo?

Alguna vez un amigo me decía que le apasionaba tomar fotografías por las sensaciones que le generaban los recuerdos cuando las miraba. Yo le decía que a mí no me gusta mirar fotos porque cuando las veo siento que una parte importante de mi atención se enfoca en el pasado sin cuestionarlo; es como si se quisiera vivir de nuevo en él. Entonces, mi lado resiliente me pregunta: ¿Oye, por qué en ese momento estabas haciendo lo que hacías? ¿Crees que el pasado regresa entre más y más inviertes en él? ¿Cuándo realizarás nuevas acciones para que vivas momentos diferentes? ¿Qué estás haciendo hoy por ti? ¿Cuál es el plan para mañana? En fin, se inicia una discusión interna con mi ego. Por eso, y por algunas otras razones, no me gustan las fotos.

Al ir interesándome un poco más en la naturaleza de mis ideas, me doy cuenta de que al cuestionarlas obtengo respuestas que me permiten tomar decisiones para los eventos presentes o venideros y dejar atrás los pasados. Mis reflexiones por cuestionar el pasado para entonces vivir el presente y afrontar el futuro de manera diferente me llegan con solidez. Si el pasado no se cuestiona, el presente no cambia y el futuro se vuelve predecible; en otras palabras, se vuelve destino.

¿Será posible —me pregunto— que al igual que Mario haya personas que desconozcan la existencia de dicha palabra, sus significados y definiciones teóricas, y que sus propias vidas, no obstante, sean ejemplos de resiliencia? Claro, eso debe de ser así. Tendría que comprobar esta hipótesis y entrevistar a una muestra poblacional importante. Tal vez más adelante, por ahora me enfocaré en el descubrimiento de una sola persona.

Los invito a leer esta historia y las reflexiones implícitas.

CAPÍTULO 1

EL INICIO

La semana pasada, cuando Mario aceptó contarme un poco de su historia, acordamos que me acoplaría a sus días y horarios disponibles, en el entendido de que sigue dando clases en la universidad.

Hoy es nuestra primera charla, la cita es a las nueve de la mañana. Elegí una cafetería que está justo en el lugar conocido como El Quiosco, donde sirven unos desayunos tipo bufé que me recomendó un taxista. Acostumbro a llegar siempre quince minutos antes para sacar mi libreta de apuntes e ir dando una revisada a los menús y al ambiente del lugar. Por lo general, prefiero los lugares poco transitados donde no haya mucho ruido para poder platicar sin grandes distractores.

—¡Mario, llegaste temprano! —le dije—, ¿tu mujer te corrió de la casa? ¿Y esa maleta?

—No, nada de eso. Me dijiste que hoy querías que te hablara de mi infancia, así que traje las cosas que tengo de recuerdos, seguro que algo de lo que hay dentro me ayuda a recordar mejor.

—Listo entonces. ¿Pedimos una torta y un café para empezar?

Entre 1960 y 1965, periodo de la niñez de Mario, las condiciones económicas en su lugar de origen no eran de lo más benevolentes. Su pueblo era una ranchería enclavada en la zona conocida como

La Montaña, en cuyo clima predominaba, durante la primavera-verano, el calor seco de los días y la mayoría de las noches. El otoño casi siempre era templado, pero con algunas lluvias intermitentes; en invierno soplaba un aire gélido y las noches frías con mañanas de heladas eran la constante de esa estación.

Para llegar al «rancho» (como llama Mario a su pueblo), solo se tenía una carretera federal que unía las principales comunidades de la zona, una población de alrededor de trescientos habitantes en aquella época, la gran mayoría de ellos migrantes de un pueblo cercano, venidos no hacía más de quince años atrás.

Había pocas tierras aptas para cultivar y cosechar alimentos, por lo que los primeros pobladores tuvieron que acondicionar con sus propias manos las áreas menos rocosas para la siembra de especies básicas, como maíz, calabaza, frijol, chile, garbanzo y cilantro. Toda la producción agrícola dependía de los ciclos de las lluvias y el agua tanto para beber como para los animales y los servicios de las casas la obtenían los habitantes de un único manantial, al que llegaban luego de caminar en promedio más de dos kilómetros por los cerros pedregosos.

Las casas estaban hechas con muros de palizadas y adobe rústico, el piso de tierra y la mayoría con techos de palma, aunque algunos tenían láminas reutilizadas. Los caminos principales eran veredas, tanto para las personas como para el ganado, y algunas veces un toro se echaba en medio y había que rodearlo, saltando entre las rocas, magueyes y guajes, para volver a retomar el sendero. Solo el acceso a la iglesia y a la escuela principal, que hacían de centro del poblado, se podía definir como una calle.

En muchas oportunidades, apenas hubo tortillas con chile en las mesas para la comida del día. ¡Joder!, el entorno social y económico en esos tiempos hacían de esa comunidad un lugar de retos. Sin embargo, las familias que la habitaban estaban acostumbradas a salir adelante con la fortaleza en su persona, en su espíritu, en su ser. A pesar de la pobreza económica, se tenía una alegre mentalidad colectiva por el futuro venidero.

Don Juan, el padre de Mario, fue uno de los fundadores. De complexión delgada y un rostro de esos que te demuestran con una mirada que la vida no es fácil y que debes ser testarudo para hacer tus sueños realidad, desde joven se vio a sí mismo como una persona capaz de salir adelante, alguien que podría ayudar a sus padres y hermanos. A los quince años, como muchos jóvenes de la región, se fue por primera vez de bracero con unos tíos a los Estados Unidos. El dinero que logró ganar después de dos años no alcanzó para mucho y, si bien levantó un jacal para mejorar la casa de sus padres cerca de la laguna donde vivían, nunca se sintió satisfecho, pues un techado de láminas no era su principal objetivo; menos después de lo que había visto en tierras gabachas.

Un año después, ya con una hija pequeña y esposa, estuvo meditando varios días tratando de identificar las opciones de mejora que tenía disponibles, por lo que tomó una decisión muy arriesgada: dejar su jacal y emprender la ardua tarea de fundar una nueva población.

Un día ventoso y de mucho calor, Juan cargó a su burro Tiburcio I con las pocas pertenencias que tenía, alistó a su esposa e hija y se dispuso con firmeza a cumplir su deseo de formar un hogar en un lugar despoblado hasta ese entonces, secundado por un par de amigos aventureros con sus respectivas familias.

Con casi todas las condiciones en contra, Juan entendía que eran los retos del proceso de materializar sus sueños. Nunca se enfocó en la adversidad, se esforzó en encontrar oportunidades, al igual que lo haría su hijo años después.

A los poco más de seis años, las actividades cotidianas de un niño allí incluían las de andar por los caminos pedregosos para acarrear de ocho a diez litros de agua por viaje, dos veces al día. El trayecto se recorría con huaraches en algunas ocasiones, descalzos en otras, y el equipo de acarreo del agua que usaban los niños estaba conformado por un par de cubetas atadas a los extremos de un palo de árbol de nance, el cual se colocaba sobre los hombros. Entre la palomilla era común la frase «por eso somos chaparros», atribuible a cargar agua desde pequeños. Para los hombres el equipo era similar, pero con cubetas de veinte litros cada una; y el de las mujeres era el reboso colocado sobre su cabeza a manera de base para soportar el peso de esa misma cantidad de agua. Era una faena diaria que todo el mundo aceptaba sin objeciones.

Algo que Mario veía con asombro, desde esa edad, era el hecho de que mujeres de complexión menuda, que no pesaban más de cuarenta y cinco kilos, levantaban veinte litros de agua y así caminaban no menos de dos kilómetros entre veredas pedregosas. Una de las tantas preguntas que se hacía era cómo podría ayudar la gente de su pueblo para tener agua más cerca de sus hogares. En ese entonces, su única referencia de agua potable era la pileta que había en otro poblado más grande, y no caminar tanto para obtenerla era un sueño, un deseo lejos de materializar. Ante esta situación, su creatividad se estaba poniendo a prueba.

La respuesta para afrontar tales realidades llegaría dos décadas después, cuando crearon una alianza y junto con el comisario ejidal gestionaron recursos para la perforación del primer pozo comunal, con instalación de bombeo y distribución por manguera hacia la parte más céntrica de la comunidad.

¿Será que el dar la cara ante todas esas vicisitudes y el vivir día a día con ilusiones y esperanzas describan las características propias de una persona resiliente? ¿La resiliencia pide imaginar escenarios futuros y sentir los detalles de estos? No se trata de soñar y dejarlo todo en la mente, se trata de ir dando el paso a paso cuando la intención se vive. La intencionalidad, no la motivación, es la raíz de la consistencia. La mayoría de las veces, las personas dejan pasar sus momentos de intencionalidad.

CAPÍTULO 2
TERCERO DE CUATRO HERMANOS

Cuando hice mi planeación de los días para hacer estas entrevistas, solicité en la recepción una estancia por cuatro días y cinco noches, pero estoy a punto de bajar las escaleras e ir a solicitar dos días más, por si acaso. Es que la verdad estas pláticas han terminado en un par de borracheras con la debida consecuencia de la resaca. Por fortuna, en esta ciudad hay hoteles baratos, restauraciones de construcciones coloniales cuyas grandes ventanas y vistas a parques arbolados dan un toque cálido y colorido. Desde mi balcón, se ven también las calles adoquinadas y con poco tráfico. Una ciudad pequeña, tradicional y acogedora.

Hoy desayunaremos en el restaurante del hotel. Aunque la decoración es sencilla, el vitral que da hacia la calle es espectacular; obra de un artesano local muy reconocido, según me cuentan.

—¡Bienvenido, Mario! —le dije—. Para empezar, te pedí café de olla y tu clásico pan.

—Gracias, ya desayuné, pero como decimos por acá, un pan a nadie se le niega.

Cuando platicamos acerca de sus hermanas y de su hermano todo se volvió una serie de minihistorias; unas entrelazadas, otras no. Las «buenonas», como sus amigos de infancia solían llamarlas, eran seis y ocho años más grandes que él; su hermano menor, diez años más chico. Sus hermanas fueron ejemplos, ambas le platicaban la importancia de salir del pueblo para superarse.

«Mira, Mario, aquí el pueblo está jodido. Las mujeres nos partimos el lomo igual que los hombres y con frecuencia no hay ni para comer, simplemente no alcanza; no podemos vivir solo de maíz y garbanzos. Si queremos cumplir nuestros sueños, debemos ir a las ciudades grandes, como Acapulco, o tal vez irnos una temporada al gabacho, como lo hizo papá; incluso ir a trabajar a las casas grandes del pueblo para conocer cómo hicieron los dueños para salir adelante». Esos eran los comentarios recurrentes cuando los tres desgranaban mazorcas durante las tardes soleadas.

A los quince años, Jacinta, la mayor, decidió ir a trabajar al Distrito Federal, donde vivía una de sus tías. Felipa, la segunda, cuando cumplió la misma edad que su hermana salió a buscar empleo a la ciudad de Tlaxcala. Ambas no regresarían nunca a vivir en la casa de doña Jus, el ímpetu juvenil y la convicción de buscar una mejor calidad de vida las había llevado a tomar sus decisiones y no hubo marcha atrás. En consecuencia, a los ocho años, Mario se convirtió en el hombro en el que su madre se apoyaría y en quien debía hacer las tareas de «hombre de la casa». Su hermano menor, Jaziel, veía en Mario el modelo y, al ser diez años más joven, muchos de sus sueños y ambiciones eran un reflejo de los logros alcanzados por su hermano.

Cuando Jaziel estudiaba la secundaria, preguntas como qué se sentía subirse al metro en el Distrito Federal, cómo era en realidad el color del mar o cuánto costaban un par de tenis nuevos eran interrogantes que el experimentado Mario contestaba con facilidad y elocuencia. Haciendo gala de sus atributos para la oratoria, detallaba las respuestas de tal manera que se volvían sendas aspiracionales para su joven hermano. Años más tarde, en el cumpleaños número 32 de Mario, sería Jaziel quien le compraría un par de tenis nuevos a su hermano mayor al cobrar su tercera quincena en su trabajo de profesor rural.

Si bien el rostro de Mario se caracterizaba por el semblante sereno y la mirada profunda, que hasta podría parecer que estaba de mal humor, su personalidad y estado de ánimo siempre eran de alegría. Él era el líder de las travesuras, el primero en sonsacar a sus amigos en el pueblo para ir de cacería. Todos admiraban la forma en que, a la distancia, atinaba con su honda a una huilota o a un conejo. Ser el mejor cazador también lo convertía en el líder, pues en aquellas comunidades de la montaña, hasta hoy día, se sigue respetando la experiencia como parte de la sabiduría.

En las reuniones familiares, entre hermanos, tíos, primos y sobrinos, Mario era quien contaba con los primeros chispazos de alegría. Después de cinco tragos de mezcal, el aguardiente que se produce en esa zona montañosa es fácil obtener una personalidad polifacética. Comenzaba organizando retos de baile y de canto, para luego convertirse en la estrella principal del espectáculo; nadie le ganaba bailando la tradicional iguana, era el campeón, sobre todo cuando su madre lo observaba, le sonreía y aplaudía, y a ratos le gritaba: «¡Ora, mijo, enséñeles a estos cabrones cómo se hace!».

Acto seguido los otros varones saltaban a la pista y, arrastrándose con ambos brazos y con sus lenguas afuera, emulaban los movimientos del campeón para, enseguida, esperar todos el turno de abalanzarse sobre los pies de las personas que observaban alrededor y finalizar el baile a puros gritos y carcajadas.

Tal parece que no se puede hablar de resiliencia sin mencionar el sentido del humor. La felicidad es una sensación que se crea en ciertos momentos, puede ser individual o colectiva, pero depende siempre de cada uno la cantidad de veces que se replique para sí mismo. Entonces, tomando como referencia la historia de Mario, el entorno social, empezando por la convivencia familiar, puede enseñarnos de manera somera cómo ser felices. Si en la mesa se habla de felicidad, entonces hay más posibilidades de que esta exista. Es el mismo caso para la abundancia.

CAPÍTULO 3
EL SENTIDO DE ESTUDIAR

Algo que me parece curioso de esta pequeña ciudad es que se respira un ambiente de mucha tranquilidad y tradición. Ayer estuve recorriendo la ribera del río que cruza la ciudad. Sus grandes jacarandas deben verse muy impresionantes cuando sueltan flor. Su plaza de toros es muy emblemática, como para unas quinientas personas apenas. No me gusta la fiesta brava, pero sin duda el edificio es lindo; en la parte superior del principal portón de acceso está inscrita la frase «Valiente es el torero, como gallardo es el toro». Hay también muchas iglesias, templos católicos muy antiguos, de la época de la conquista española.

Por una parte, me parece bien que no se haga mucha difusión para atraer el turismo, pues pienso que podría perder su atmósfera plácida; aunque, por otra, valdría la pena que más gente conociera y disfrutara de un lugar como este.

—Sé que ejerces como profesor, pero ¿cómo iniciaste tu educación escolar?

—No recuerdo mucho del kínder —me dijo Mario—, igual y ni fui, lo que sí recuerdo muy bien es mi vida en el internado. Entonces, de eso te contaré. Esta vez yo invito los tacos de canasta.

En esa zona de altas montañas, de clima seco y caluroso en la mayor parte del año, la única opción para que los niños estudiaran la primaria era un internado que estaba a cinco kilómetros del pueblo. El sistema escolar dictaba la necesidad de que los niños estuvieran ahí de lunes a viernes, otorgándoles permiso los fines de semana para salir a ver a sus padres y familiares. Era una escuela financiada en su mayoría por el Gobierno; además de las clases, incluía alimentos, área de descanso, actividades recreativas y enfermería. Claro, eso era lo que la propaganda gubernamental decía, y aunque otra era la realidad, no había más alternativas, era la única opción para aprender a leer y escribir.

Mario, por supuesto, con su personalidad siempre inquieta y ganadora, entendió desde muy pequeño que el estudio sería una forma de mejorar sus condiciones económicas. Su referencia próxima de vivir mejor eran sus profesores, porque tenían ropa que ponerse, vivían en casas de ladrillos con techo y piso firme, comida en sus mesas y algunos tenían automóvil. Sin embargo, lo más importante para Mario era que ellos sabían leer y escribir.

«¿Cómo llegó usted a ser profe?», preguntó alguna vez a su maestro de matemáticas de primer año. «¡Estudiando, mi chavo!» fue la respuesta.

Para muchos niños y niñas estudiar matemáticas representaba un tema de malas experiencias, castigos y hasta traumas, pero no para el pequeño Mario, quien se había dado cuenta de que aprendiendo a contar podía calcular cuánto tiempo le llevaría cosechar su maíz. Una de las operaciones que él realizaba era simple: si por cada hora él podía llenar un bulto de mazorcas y cada bulto de mazorcas lo llenaba pizcando tres surcos, entonces en diez horas de trabajo podría finalizar los treinta surcos que tenía toda su tierra y con ello tener tiempo libre para ir a cazar huilotas.

En otras oportunidades, calculaba cuánto tiempo tardaría en completar la carga de leña de Tiburcio II, cuántos pasos se dan equivalentes a un kilómetro, etc., En fin, los números se le daban desde siempre. Fue un alumno cuyo nombre aparecía con frecuencia en el cuadro de honor del internado donde estudiaría seis años, ese cuadro que, pese a su madera en no muy buenas condiciones, sostenía con firmeza las hojas de papel de colores con los nombres de los estudiantes destacados. Claro que en la escuela no todo era estudiar; alguna vez terminó en la enfermería con síntomas de sarampión. Fue justo en esos días cuando un compañero llegó a retarlo a golpes, pues sabía que Mario estaba convaleciente y era una muy buena oportunidad de darle su merecido por haberle bajado sus canicas en un juego una semana antes.

Mario era bueno para defenderse, tenía fama de ser un «indio patarrajada», como se les decía a los niños que no tenían dinero para comprar huaraches y tenían que andar descalzos, de los que tenían la tez morena, cabello desalineado y semblante serio; y que además no se negaban a ningún tirito cuando se los retaba. Aun así, en aquella ocasión, en cama y con fiebre arriba de 38 grados, el indio perdió la contienda. Una vez que se recuperó de la convalecencia, no guardó rencor contra su agresor y no le dio mayor importancia, pues entendía la frustración interna del contrincante porque había perdido algo muy valioso para él; de hecho, hasta buenos amigos se volvieron.

Mario le regresó sus canicas por mero compañerismo; si había sufrido algún daño, ya no lo recordaba o ya no era importante para seguir atendiendo el tema. Su mente estaba enfocada hacia adelante, en el futuro; no valía la pena desgastarse por situaciones que habían sido superadas y de las que apenas un pequeño recuerdo quedaba.

Al terminar la secundaria, el pensamiento de Mario seguía concentrado en seguir estudiando. Sin embargo, no solo era poder de decisión el hacerlo o no, tuvo que lidiar con las condiciones de su entorno. Vamos, el pobre no es pobre porque quiere, hay momentos en que las oportunidades no son tan próximas.

—Oye, mamá, quiero entrar a la Normal Rural, quiero ser profesor.

—¡Ay, mijo!, ¿cuánto cuesta eso? Hay que platicarlo con tu papá ahora que bajemos al pueblo para llamarlo.

—Mamá, ya fui a preguntar, no cobran mucho, solo los gastos de uniformes y tal vez de zapatos; pero ahí es como en el internado, te dan de comer a cambio de estudiar y trabajar en mantener la escuela. Dicen que la colegiatura la pone el Gobierno y que cuando sales ya te dan trabajo, ya eres profe directo.

Desafortunadamente para Mario, la única opción que tuvo fue hacer una pausa en sus estudios y aventurarse dos años con uno de sus tíos en el Distrito Federal, de matacuás, como él mismo se definía.

El destino no estaba trazado para Mario, él lo estaba haciendo en su recorrido. De vez en cuando, estando recostado entre bultos de cemento y cal, con la sensación de angustia y soledad de la gran ciudad, las lágrimas le salían y se cuestionaba porque nunca la tenía fácil, porque siempre los caminos hacia sus metas estaban llenos de retos, porque tuvo que haber nacido donde nació. Sin embargo, no dejaría que esa sensación se convirtiera en sentimiento. Al final de cada episodio él reflexionaba, se motivaba, no perdía el foco de lo que quería ser y hacer y volvía a ser disciplinado. El tiempo, uno de los mejores aliados en su vida, le daría la razón. Él solo se financiaría su educación superior.

¿Habrán sido esas reflexiones efímeras, pero poderosas, las que a lo largo de todas sus vidas fueron fortaleciendo su ser resiliente?

En los procesos de autorreflexión, algo que no se identifica y que pasa como un acompañamiento silente es precisamente el tiempo que le hemos dedicado al análisis de nuestros actos y de sus consecuencias. Nadie tiene una libreta donde se apunte la cantidad de tiempo que se ha dedicado a los procesos de interiorización, ¿o sí?; pero quien lo ha hecho ante alguna situación, seguro lo reconocerá en la toma de decisiones futuras. Dicho de otra manera, la experiencia saldrá a relucir.

CAPÍTULO 4
LA MUERTE

Hoy mi despertador me regresó de los brazos de Morfeo a las siete de la mañana. Después de mi baño, decidí buscar un lugar nuevo para desayunar, de esos tradicionales donde venden tamales y atole.

Mientras caminaba, me percaté de una casona muy particular que parecía que se hubiera quemado. Me llamó la atención que justo al lado de su puerta principal estaba empotrada una placa grande de piedra con la leyenda «Aquí un alma trascendió». De inmediato, recordé que la plática del día con Mario se referiría a la muerte. ¿Coincidencia?, puede ser. A unos pasos estaba un pequeño parque donde viejos mesquites y abedules daban sombra a unas bancas de madera. Listo, pues, retaremos a la causalidad, aquí citaré a Mario para la plática vespertina de hoy.

—Oye, Mario, ¿tú has sufrido por la muerte de alguien? —en ese momento sentí su mirada y un ceño de nostalgia acompañados de una pregunta.

—¿Tú qué crees?

En la historia de resiliencia de Mario hubo dos casos que impactaron su forma de entender y afrontar la muerte. La primera, la más significativa, fue la muerte de su padre, llamado por él don Juan. La segunda, el último adiós a su amigo Melo.

Don Juan representaba varias figuras de autoridad. Si bien su padre lo crio a la vieja escuela, en donde el respeto se entendía y asimilaba mejor mediante el uso de una vara de algún arbusto o mediante el golpe de un huarache, era bien sabido que eso se hacía por su bien y en algún momento de su vida lo entendería.

Mario ha sido resiliente ante la muerte porque ha sobrepasado hechos muy dolorosos, en donde solo él entendió su luto y la forma de superarlo. Seguro en su mente guarda los buenos recuerdos con su padre, como cuando, después de completada la carga de leña sobre el lomo del burro, aún los tres tenían que regresar a casa caminando cinco kilómetros por el monte. Es posible que sus piernas delgadas, aunque fuertes, ya no pudieran más, al igual que sus brazos y sus manos adoloridas por el uso del machete, pero tenía a alguien que le daba soporte y con eso sus malestares aminoraban. No dudo que, al mismo tiempo que Tiburcio II, algunas veces don Juan tuviera que llevar a Mario como carga, dormido en sus brazos.

Cuando Mario estaba estudiando en la Normal Rural y formaba parte de la selección de basquetbol, los debates en la familia empezaron a girar en torno al baloncesto. Don Juan había aprendido a jugar este deporte en Estados Unidos cuando fue a trabajar como jornalero. Tenía fama en toda la región de haber sido uno de los mejores, por lo tanto, de alguna manera siempre hubo una competencia entre padre e hijo por definir quién sería el mejor deportista de la familia Terreros; desde luego, considerando a cada uno en su respectivo tiempo. A menudo, intercambiaban puntos de vista sobre los deportes en general como una forma de retarse y superarse. Su papá no solo era un amigo de debates, era una motivación y una inspiración para salir adelante.

La partida de su padre ocurrió tras un par de años de luchar contra el cáncer. Cuando ambos se enteraron, ya no había nada que hacer, más que esperar. En los días finales, para una mejor evaluación médica, se les aconsejó ir al Hospital de Cancerología en Ciudad de México, pero por desgracia ya había metástasis; en sus últimos, el cuidado estuvo a cargo de Mario y de su hermano. Don Juan, consciente y coherente, razonaba con sus hijos de vez en cuando: «¡Tranquilitos, tranquilitos, allá arriba o allá abajo nos volveremos a encontrar carajos!».

Después de veinte días en cama, un lunes 23 de febrero, don Juan no resistió más y dio su último aliento estando en espera de los nuevos diagnósticos médicos. Los hermanos presenciaron la transición, el llanto contenido, los recuerdos, las esperanzas; todas las sensaciones pasaban a su debido tiempo en ese cuarto frío de hospital. Un alma se iba, dos se consolaban.

En este momento, recuerdo pasajes de mi propia historia. Al igual que Mario, sufrí la pérdida de familiares queridos; como la de mi tío, quien murió en su cama de un paro cardiaco o sabrá Dios de qué en realidad. Con él practiqué futbol en las canchas del llano de nuestro pueblo; en ocasiones lo veía jugar y me daba miedo porque era muy rudo en el juego. Medía cerca de 1,85 metros y era de complexión robusta, pues hacía ejercicio a diario. De no ser por la sonrisa fácil y la carcajada eventual, su semblante de ceño fruncido y el corte extraño de cabello, se habría podido jurar que era un tipo muy malo.

Ya cuando mi cuerpo y la edad me lo permitieron, fuimos compañeros del mismo equipo. Me regañaba cuando fallaba pases muy fáciles y más de una vez, cuando se hizo la bronca, recibí unos golpes por defenderlo. Siempre me daba palabras de aliento cuando me veía cansado y de veras me motivaba a ser el mejor en la cancha. También recuerdo muchos momentos felices, aunque ahora no es mi historia la que aquí se cuenta.

Melo fue amigo de Mario por treinta y cinco años, ambos aparecieron en una fotografía de un periódico local cuando tenían tres años. Estaban sentados en la entrada de una iglesia, vestidos de Juan Diego, pues se celebraba el 12 de diciembre. La nota llevaba el título «La fe se renueva con las nuevas generaciones». Quién diría que años más tarde, ya adolescentes, los dos amigos cuestionarían con dureza le fe del párroco principal.

Su amistad se vio interrumpida a lo largo de los años, pero ninguna circunstancia de vida pudo romper el lazo principal; siempre hubo momentos de convivencia que lo reforzaban. Como era de esperarse, en cuanto llegaron los hijos de ambos se buscaron para hacerse compadres.

«¡Ahora sí, pinche Mario, ya somos compadres!», exclamó Melo en el bautizo de su primogénito, frente al cura y los asistentes que los acompañaban. «Vayan en paz, compadritos, la misa ha terminado», se escuchó.

En la tarde soleada de un 23 de octubre, mientras estaba en la cabina telefónica desde donde marcaba a la caseta de la comisaría ejidal de El Rancho, Mario recibió la fatídica noticia. «Carnal, toma esto con calma; no te me aceleres y, mejor, siéntate: tu compadre Melo se nos adelantó».

Esas palabras provocaron una sensación similar a la que había experimentado cuando el médico oncólogo le anunció el descanso de su padre. A pesar de ello, Mario se mantuvo de pie, respiró profundo y respondió con voz grave y serena: «Carnal, mañana llego al velorio; por ahora diles de mi parte a mi comadre y a mi ahijado que mi compadre nunca morirá en realidad hasta que yo también me vaya».

Y es que parece que la resiliencia requiere historias motivacionales y momentos aspiracionales, pero también existirán hechos de sanación. Cuando las personas han entendido el significado de la existencia o la ausencia de sus seres queridos, entonces se llega a la tranquilidad emocional. Si bien el dolor puede seguir existiendo, este ya no domina al resto de las emociones.

La paz interior requiere ayuda externa casi siempre. Entonces, los resilientes son fuertes, ¿pero han desarrollado la habilidad de dejarse ayudar?

CAPÍTULO 5
EL ACCIDENTE

Vaya que hoy se siente frío de nuevo, supongo que por eso Mario viene tarde; las cobijas se le han de haber pegado. La banca del parque también se resiente del clima gélido y una parte de mi cuerpo lo reafirma cuando me siento a esperar. El parque tiene un par de árboles grandes, frondosos, siempre verdes. Hay unas casitas de madera incrustadas en ellos; para las ardillas, supongo. Es de los pocos lugares que he visto que tienen estos animalitos y la gente se acerca a darles comida.

—¡Hola, Mario!, toma asiento. ¿Hoy me vas a contar acerca de tu accidente?

—Flaco, ¿has escuchado la frase «Lo que no te mata, te hace más fuerte». ¿Acaso esa es una frase de resiliencia pura, según lo que me has estado explicando? O que tal «Hierba mala nunca muere», sería otra que aplicaría perfecto en los hechos que te voy a platicar, porque haber sobrevivido a dos volcaduras de autos no cualquiera, mi querido amigo. Te voy a contar una.

A mediados de los años 90, en México se dio una gran recesión económica, los bancos se vieron afectados por sus propias tasas de interés y las familias afrontaban el reto de sobrevivir día a día sin certeza económica. En ese entonces, Mario ya tenía treinta y dos años y dos hijos. Su salario como profesor no era suficiente y probó suerte trabajando medio turno en el almacén general de la villa de los Juegos Centroamericanos que se celebraron en el D. F., pero una vez que se acabó el contrato la situación económica seguía apremiando.

Su otro trabajo complementario de chofer de combi tampoco le alcanzaba, por lo que decidió aplicar el examen para integrarse a las Fuerzas Armadas. El salario que se ofrecía a los nuevos reclutas del cuerpo armado era mejor que el de maestro y chafirete juntos, así que empezó una etapa llena de buenos y malos momentos, dura pero formativa.

La aventura se inició con la aprobación de los tres exámenes durante el proceso de selección. El primero, de conocimientos generales. Siendo un gran lector, Mario se sentía confiado. «Y además profesor —se decía a sí mismo—, estará fácil». El primer reto lo daba por cubierto al cien por ciento.

El segundo, acondicionamiento físico, no lo veía tan difícil. Estaba jugando basquetbol todos los lunes y jueves, con un poco más de actividad y de mejoras en su condición física podría dar la batalla a los demás. El tercero, la estatura; su 1,70 de siempre apenas si daba con lo mínimo requerido por la corporación. El resultado satisfactorio para que Mario fuera aceptado dependía de una combinación de esfuerzos, constancia y disciplina.

En la mañana de su primer día de confinamiento en el cuartel, le quitaron parte de su larga cabellera rizada para dejarlo con el casquete corto que se exigía. Por la tarde, entrega de uniformes y materiales para los diferentes cursos, y en la noche, después de la cena, a conocer a sus tres compañeros de habitación.

De inmediato, con la expectativa de cómo hacer para cumplir con los tres exámenes de manera exitosa, Mario empieza las preguntas en la habitación.

—¡Oye, compa!, ¿para la semana final en que nos miden la estatura, te dejan los zapatos puestos o te los quitan?

—Te los quitan, compa —le respondieron.

—¡Oye, compa!, ¿te piden ir ya con el cabello corto de nuevo o todavía me dejarán los rulos si crecen?

—Compa, nos van a rapar cada semana con la del número dos —contestó otro.

—¡Oye, compa!, ¿te miden con una cinta pegada en la pared o con un flexómetro?

—La neta no sé —le dijo alguien.

—¡Oye, compa...!

—¡Coño, duérmete ya...!, fue la respuesta.

Después de los quince días de capacitación y adiestramiento, Mario estaba dentro del grupo de los ochenta finalistas para ocupar cincuenta vacantes. El lunes por la mañana, se dirigió al gran salón del cuartel de zona para el último filtro. Llevaba en sus manos un fólder negro con tres hojas, una de ellas con la calificación de su examen de conocimientos generales, un 9,5 promedio resaltaba digno y beligerante, como lo había declarado semanas atrás. En otra hoja, la palabra «aprobado» daba el visto bueno de las pruebas de resistencia física.

Hay que resaltar que siempre quedaba dentro de los primeros lugares. Años más tarde tuvo que demostrar a su propio padre lo competitivo que era cuando se lo proponía y estar pleno de cualidades físicas era parte de su esencia.

Por último, en la tercera hoja había una línea vacía que esperaba ser llenada con la estatura. Ya dentro del aula nº. 5, se escuchó una voz firme y grave.

—¡Cadete número 186, fuera zapatos y póngase erguido contra la pared!

Por un par de años quedarían en pausa sus días de profesor de educación primaria. Había cambiado el gis y el pizarrón por una carabina Colt AR-15 y un chaleco antibalas como herramientas de trabajo.

Después de tres años de ser parte de las Fuerzas Armadas, mientras realizaban un recorrido en la frontera norte, Mario sufrió un accidente automovilístico junto con sus compañeros de ronda. Eran alrededor de las dos de la mañana de una noche de niebla, de esas que en carretera solo te permiten ver adelante máximo diez metros. Los cuatro tripulantes, que regresaban de una diligencia de rutina, estaban cansados porque el día anterior les había tocado doble turno. El comandante Mario iba al volante, todos le confiaban la manejada porque sabían de la fama que le antecedía al Cafre de la Ruta 2, sobrenombre que le quedó entre la tropa después de contar sus historias de cuando era chofer de combi en el D. F.

En los años 90, el uso de cinturón de seguridad no era tan estricto, nadie dentro del carro lo usaba. El radio de la patrulla iba encendido, a ratos entraba señal para notificar algunas indicaciones del centro de comando. A lo lejos se vislumbraban luces de un poblado próximo. Dani, que iba de copiloto, advierte que en la entrada hay unos topes que no se distinguen y que a medio pueblo hay un paradero en donde se pueden orillar a descansar un par de horas; los demás, enterados, asientan con la cabeza.

De repente, Mario parpadea, aparecen de la nada los topes y él se aferra al volante, el vehículo se eleva un par de centímetros y aterriza de golpe sin equilibrio. Mario pisa el pedal de freno, pero comete el error de meter también el freno de mano, el auto gira de brusca manera y se va contra el acotamiento. Intenta dar un volantazo para retomar el equilibrio, pero la llanta trasera choca con el camellón, el auto inicia un giro de 180° sobre su eje y da una voltereta que lo hace aterrizar sobre su techo fuera de la carretera. El sonido del derrape de llantas y el choque brutal despiertan a un par de vecinos.

Los cuatro están inconscientes, pasan unos minutos y llegan los primeros curiosos. La escena no auguraba nada bueno para los tripulantes del auto, Dani es el primero en abrir los ojos y al recobrar la conciencia advierte sangre en su rostro, al igual que sus tres acompañantes. Como puede, se mueve entre el asiento y la ventanilla, de una patada rompe el cristal y sale arrastrándose sobre su pecho. Ese ruido hace que Mario abra los ojos, se toca el rostro y trata de recuperar la conciencia, se da cuenta de que en la parte posterior sus dos compañeros están inconscientes y sus cabezas sangran. Se apresura a preguntar si están bien y nadie responde, se acerca a ellos, pone el dedo en sus yugulares y se percata de que no hay pulso; aun así, intenta despertarlos.

«¡Señor, señor, está bien, venimos a ayudarlos, los cargamos nosotros!», fueron las últimas palabras que Mario recuerda de esos momentos.

Dos días después, en la cama de un hospital, aún golpeados e inflamados, pero vivos, los cuatro cuentan parte de lo que recuerdan para ir armando los hechos de ese día. Para sorpresa de Mario, los comentarios hacia él no eran reproches, al contrario, sus tres compañeros reconocían su valentía y habilidad al volante. Peter afirmaba que la maniobra de Mario le había salvado la vida a tres personas que en ese momento caminaban al lado de la carretera.

—Comandante, en cuanto pisaste el freno clarito vi por mi ventana que íbamos directito a arrollar a tres cristianos que estaban cerca del paradero, ¿cómo los esquivaste?

—Sí, comandante —continuó Segundo—, si en lugar de volantear a la derecha le das a la izquierda segurito nos damos contra la barra de contención del paradero y, como estaba de mi lado, tal vez yo no la estaría contando.

—Entre mi dolor y el semidesmayo —intervino Dani—, al salir del auto noté cuando todo madreado regresaste a sacar a Peter y a Segundo. Uno a uno les diste reanimación cardiopulmonar, no dejabas que nadie se acercara, te pusiste bien loco y gritabas: «Yo sé lo que hago, chinga, es mi raza, sé de primeros auxilios». Por un momento pensé que ibas a desenfundar la Colt para asustar a la gente. Lo último que recuerdo es que cuando viste que ambos estaban sentados, ya reanimados, te desvaneciste. ¿Te acuerdas de eso?

En efecto, la maniobra de Mario no había sido un «error», fueron reflejos o movimientos en muy poco tiempo, casi instantáneos, como seguro pasa en estas situaciones tan apremiantes. Ahora bien, la pregunta es: ¿Esta serie de decisiones fueron pleno instinto de supervivencia en el momento o bien tenían alguna base en la experiencia?

Mario me detallaba que tres años antes de su volcadura estuvo platicando largo y tendido con dos amigos, quienes habían tenido un accidente carretero en condiciones muy similares al voltearse en una camioneta *pick-up*. Avanzando en la anécdota, contaban cómo, al paso de la carretera, de forma inesperada habían salido un par de arrieros con su ganado. Iban saliendo de una curva cerrada, por lo que Juan, quien iba al volante, tuvo que hacer una maniobra evasiva; metió freno de mano y, tras chocar perfilado contra la barra protectora de la carretera, la camioneta virtualmente voló unos metros. Como consecuencia de esta reacción, dos de las ocho vacas murieron y ambos amigos tuvieron fracturas y fisuras en piernas y brazos. La camioneta fue declarada pérdida total, pero el viejo arriero y su hijo pequeño solo se llevaron un susto. En esa larga charla, Mario dio sus puntos de vista y entre todos discutieron sobre lo mejor que podía hacerse para salir menos lesionados.

Así que, tratando de responder la pregunta antes citada, tal parece que al momento del pestañeo de Mario su mente y su instinto de supervivencia tomaron la primera decisión clave: las víctimas serían cuatro, en lugar de siete. Al menos esa decisión encuadra con la experiencia obtenida a través de la discusión con sus amistades. Las siguientes decisiones, en fracciones de segundo, que tuvieron como consecuencia que el destino, la suerte o bien su habilidad dejaran el saldo en cero, son más atribuibles al propio instinto de supervivencia.

Con esta historia de Mario, encontramos que poner atención en los detalles de los actos que pueden sacarte de apuros en el futuro es una capacidad que las personas resilientes han aprendido a escuchar y observar. Una característica de los seres humanos es que aprendemos mejor si interiorizamos o reflexionamos.

Alguien que ha aprendido a escuchar con todo el cuerpo o tiene la capacidad de escuchar de manera activa analizará y asimilará mejor la información de su entorno. La experiencia adquirida en las conversaciones nos otorga capacidad de acción para atender circunstancias futuras similares.

CAPÍTULO 6
LOS RECLAMOS

Por lo que hemos estado charlando en estos últimos días, entre una y otra cerveza bien fría, con el clima gélido de invierno de esta zona del país, donde el aire que sopla pone a prueba tu sistema respiratorio, tal parece que el concepto de resiliencia ha estado presente en la vida de Mario más de lo que yo suponía.

—¿Dónde aprendiste tantos oficios? —le pregunté.

—Flaco, en México hay un solo lugar donde a la gente que llega o vive ahí se le dice chilango.

—¿Y qué hay de tus hijos? ¿Qué me cuentas?

—Mis dos hijos ya me dieron nietos, así que ya están del otro lado, lo mismo que yo, pero te voy a contar una anécdota. ¿Es más, vamos por una paleta de hielo?, ¿te da frío?

Uno de los reclamos que Mario ha tenido que entender y sobrellevar es el que le hicieron sus hijos respecto a no estar físicamente con ellos cuando ellos eran pequeños. Y es que los caminos de la vida, el destino no querido o las decisiones propias provocaron una brecha y situaciones de desapego en la convivencia tradicional familiar. No obstante, no fue un padre ausente desde el punto de vista emocional o al menos así lo percibió él durante los años fuera de casa.

Esto me lleva a una pequeña reflexión y a dos preguntas: ¿Las sensaciones y reclamos de los hijos pueden ser entendidos por los padres o cada uno defenderá sus sentimientos desde lo individual justificando sus acciones? ¿Qué opinan mis hijos de mí? Bueno, como lo dije antes, en este momento no es mi historia la que aquí se cuenta.

En una ocasión en que la vida le dio la oportunidad de estar en una reunión familiar con sus dos hijos, Mario tuvo que darles una lección acerca de lo que era la empatía. Claro, no sin antes dar explicaciones por primera vez de las decisiones que había tomado y que tal vez fueron parte de las percepciones, en cuanto al trato poco amoroso, que sus hijos habían sentido de él.

Si bien pudo haber defendido su postura con cierto grado de machismo, autoridad o desdén, en ese entonces aceptó los cuestionamientos, reflexionó antes de contestar y, por último, respondió para complacer a sus hijos. Es que ese Mario de cuarenta y cinco años había entendido que sus decisiones pasadas eran justo eso y no le serviría de nada confrontar cuestionamientos actuales con argumentos viejos. Su inteligencia emocional saldría a relucir una vez más con la maestría que otorga la experiencia.

Con una voz serena, en esa noche fría y nublada, Mario empezó su discurso.

—A ver, a ver, ¿qué quieren saber? ¿Por qué hice esto o aquello? ¿Por qué dije esto o aquello? ¿Por qué soy con ustedes como soy? Esas, en resumen, son sus preguntas, ¿verdad? Pues miren, mis hijitos, mi vida ha sido como ha sido, hoy día me ha permitido a esta edad tenerlos juntos, estar aquí sentados en esta noche en convivencia. No sé qué respuestas son las que más les agradarían. Con sinceridad, no podría hacer memoria de todas mis decisiones y acciones, buenas, malas o como ustedes las quieran juzgar. Lo que puedo decirles es que si todo lo que he pensado, he dicho o he hecho ha dado como resultado que ustedes sean personas de bien, que tengan salud y que estemos hoy aquí comiendo bombones con su madre Luz, entonces todo fue para bien.

»¿Que si pude haber sido diferente?, la respuesta es no. Escúchenlo bien y que quede claro, nadie tiene la esfera mágica para predecir el futuro y reparar el pasado, ni siquiera para saber cómo vivir el presente, simplemente se vive. A ustedes, si la vida y sus decisiones propias se lo permiten, les tocará responderles a sus hijos así como ahora es mi turno. ¿Dejarán que sus hijos juzguen sus acciones? Tal vez sí, pero no les debería afectar en sentido negativo, porque al final de cuentas siguen siendo opiniones, solo eso.

»Mis adorados y preciados hijos, de nuevo les digo que nadie tiene la verdad absoluta. El buen padre y el mal padre existen por definición sentimental, cierto, pero si como padres tomaron decisiones con el propósito de hacer el bien a los suyos, entonces las opiniones negativas de los demás no les afectarán, porque ustedes tenían la mejor intención; se pudieron haber equivocado, pero nunca con dolo.

»Les voy a contar solo una situación para que sirva de ejemplo y con eso ustedes van sacando las respuestas a las preguntas que me hicieron hace un momento. A ti y a ti los tuve que dejar cuando eran pequeños para irme al Distrito Federal. Muy cierto y doloroso fue para todos, pero en esos días a su madre y a mí no nos alcanzaba más que para comer. Ustedes ya necesitaban otras cosas, empezando por una mejor alimentación, calzado, ropa, diversión, regalos, etc. Me lo exigían y se enojaban si no lo tenían; así que un día tomé la decisión de darles las comodidades materiales que yo nunca tuve. Estoy consciente de que a cambio de eso les di algo que sí tuve, un padre ausente temporal; pero, ¿saben qué?, no me arrepiento, lo hice por los motivos correctos en ese momento, según mi madurez y mi forma de entender la vida. Eso es algo que tomo como una experiencia por la cual me siento pleno, pues mi afán nunca fue abandonarlos, sino todo lo contrario, proveerles para que nada les faltara.

»Ahora bien, ¿qué saben de cómo vivía en la ciudad? Pues ahí les va un día normal.

En la mañana daba clases, pero les voy a contar un poco más de los detalles de mi rutina.

Vivía al sur de la ciudad y mi escuela estaba al norte, era una travesía; ustedes conocen bien esos rumbos, pues los llevé alguna vez. Mi horario de entrada era a las ocho de la mañana y mi salida a las dos de la tarde, de lunes a viernes. Así durante diez años.

Mi alarma sonaba a las cinco y treinta, ponía mi agua a calentar en la estufa y la plancha. Me bañaba y vestía en treinta minutos. A las seis comenzaba mi caminata en las calles de la colonia, con solo un vaso de agua en la panza como desayuno. Por lo general, en la mayoría de las esquinas a esa hora las bandas de punks y pedreros te pedían para el chesco o el jale. A menudo, en la bolsa derecha de mi pantalón llevaba listas monedas de uno y dos pesos para repartir en mi travesía. «¡Órale, mi profe, ya sabes de a cómo es!». Con ellos tienes pocas chances de decir «no tengo» o «no traigo», más si te ubican.

»A las seis y quince de la mañana llegaba al paradero a luchar para poder subir a la ruta. Después de treinta minutos, entre olores y apretujones, descendía del microbús y caminaba otros diez para tomar la línea del metro. Diez minutos más para esperar el vagón y luego treinta segundos para entablar una pelea cara a cara y cuerpo a cuerpo para tratar de obtener un asiento en el vagón. Mi trayecto era de treinta y cinco minutos más entre estación y estación hasta bajar en la más cercana a la escuela. Soportar los arrimones de camarón y otras cosas al ir de pie entre decenas de personas. Al menos en dos oportunidades me cartearearon, en otras me quedé dormido y me pasé de la parada.

»Al salir de la estación del metro tenía que tomar una combi que, en diez minutos más de trayecto, me dejaba a tres cuadras de la escuela. Un par de veces me asaltaron dentro de la misma combi. «¡Órale, mi profe, suelta para las caguasakis y tranquilito», me decían. Ahora veo que los asaltantes te bajan los celulares sobre todo, en aquel tiempo no había. Por último, caminaba cerca de diez minutos para checar entrada un poquito antes de las ocho de la mañana. Nunca en diez años llegué tarde.

»No les cuento esto para obtener compasión o indulgencia, se los digo para que tengan una perspectiva diferente de mi vida cotidiana. No crean que estaba viviendo la vida loca, sin preocupaciones. El hecho de tener que vivir día a día como se los he contado era parte de mi propósito mayor, que era y sigue siendo el que nada les haga falta y puedan tener una vida plena. Mal padre o buen padre, no lo sé.

Tal parece que las personas resilientes encontraron el sentido de sus decisiones y supieron que las tomaron por las razones correctas para ellos mismos. ¿Una parte de nuestro ser reconoce el bien y el mal de nuestras acciones?

Descargar rápido las emociones y sensaciones negativas que te provoquen las opiniones o afirmaciones que otros hagan sobre ti te libera y te regresa a tu estado de tranquilidad y paz. Esto incluye a los críticos más duros: tus padres, hijos o tu pareja.

Esas declaraciones se las deben hacer las personas resilientes porque con ellas se clarifican los detalles, se crea la acción y, por ende, se vive en el futuro.

CAPÍTULO 7
EL ENTORNO RESILIENTE

Hoy no pude tener la charla con Mario para seguir escuchando sus historias. Por lo que entendí, le toca dirigir un equipo de fútbol de veteranos en la liga municipal. No sé por qué es fácil creerle que dirigir a un grupo de personas es una de sus pasiones. De forma extraña, aunque es invierno, es un día soleado, como esos días de verano allá en la montaña. Buen día para mentar madres y sacar el estrés con los deportes.

Por estar tan interesado en sus pláticas, he dejado de analizar su entorno. Algo que he aprendido de otras experiencias es que las personas resilientes han estado rodeadas de otras igual o más resilientes. Desde hace mucho, se ha hablado de que se puede vivir muchas vidas en una, dado que los acontecimientos que dan forma a nuestra personalidad siempre son imprevisibles. Pero entonces, si una persona tiene muchas vidas en su interior, ¿qué pasa con las otras personas? Bajo esta hipótesis, también tienen muchas otras vidas; así pues ¿de cuántas vidas hablamos?, ¿están sincronizadas?

Haciendo un recuento de lo que he estado escuchando en estos días, existen personas clave en el entorno de Mario que sí o sí debieron ser resilientes. Hasta ahora lo que conozco es lo que sigue:

Don Juan

De origen campesino, tuvo que trabajar en lo que pudo, desde cobrador de autobús, chalán de albañil y hasta bracero en EUA, tal como me lo platicó Mario. Quiero pensar que para don Juan fue una decisión muy difícil el dejar a su familia e ir en busca del famoso sueño americano. En esos años, para cualquier joven de la región, las expectativas de vida eran tres: ser jornaleros sembrando maíz, trabajar el café o «irse al otro lado por los verdes». Las dos primeras opciones no auguraban escenarios de abundancia económica y crecimiento personal. La tercera, era la opción para tipos necios y decididos como él.

A lo largo de estas historias he conocido rasgos de la personalidad de don Juan, aunque admito no me serán suficientes. Me hubiese encantado escuchar de viva voz sus relatos, anécdotas y experiencias, pero bueno, en esta, mi vida, no será.

Doña Jus

Pongámonos un poco en contexto. A los dieciséis años conoció a quien sería su pareja por más de cuarenta años. Sin embargo, doce años después de casarse tuvo que despedir a su esposo en la terminal central de autobuses de Chilpancingo con la incertidumbre de no saber si algún día lo volvería a ver. Al irse su marido a trabajar a EUA, quedó prácticamente como madre soltera por dos años, tuvo que impartir la justicia y fortalecer el carácter de sus tres hijos durante esos años. No tuvo tiempo para aprender de nadie, tuvo que entenderse sola, fortalecerse y no dejarse caer en instantes de soledad.

Por lo que Mario me cuenta, su madre no llora, o al menos él nunca la ha visto, ni cuando estaban sepultando a don Juan. De hecho, ese día en el que a ruido de tambora los familiares más cercanos daban sus últimas palabras al difunto, doña Jus no acudió al camposanto.

Los hermanos de Mario

Viviendo en circunstancias y condiciones similares a las de Mario, debieron haber forjado caracteres y personalidades fuertes, competitivas, resilientes. Cada uno de ellos habrá tomado sus decisiones, pero desde mi punto de vista, en el momento en que cada quien decidió salir a buscar nuevos horizontes, la necesidad de ser autosuficiente y encontrar la forma de valerse por sus propios medios fortaleció una sinergia familiar que los llevaría a sentirse exitosos desde sus respectivas circunstancias.

Una característica de la resiliencia es que se desarrolla mejor cuando se sale de manera constante de la zona de confort. Habría que detallar la historia de ellos y tal vez realizar una pequeña e incorrecta comparativa para poder obtener una mejor apreciación de mis comentarios, pero por ahora no llegaré a fondo con ellos.

Luz

La menos mencionada hasta el momento. Siendo una profesora joven y guapa, recién egresada de la Normal Rural, ella estuvo viviendo en una comunidad alejada en el estado de Michoacán. A los dieciséis años poco sabía de la vida, pero estaba determinada a ayudar a sus padres y hermanos. Después de cuatro años viviendo entre casas de madera y caballos, conoció a Mario. En ese entonces Luz lo consideraba uno más de tantos pretendientes; por la fama de mujeriego que tenía, no lo veía como el padre de sus hijos. Tampoco visualizaba que cuatro años después ya tendría dos hijos con él y que, en la práctica, viviría sola en el Distrito Federal. La distancia y la compleja situación laboral y social en la gran ciudad hicieron que Luz tomara una de las decisiones más difíciles para cualquier madre: no tener a sus hijos pequeños cerca.

Si alguien ha sido más resiliente y exitosa que el mismo Mario, en primera reflexión tendría que ser Luz. Algún día le preguntaré si puedo hablar con ella también con referencia al éxito; seguro hay mucho que aprender de ambos temas.

Los hijos de Mario

En la sociedad mexicana, caracterizada por la educación matriarcal bajo el yugo paternal, la formación que tuvieron se la dieron la abuela y el abuelo; por lo tanto, existía el persistente contraste ideológico-formativo de lo que se impartía en casa con respecto a lo que se debía formar para los tiempos futuros. Los niños tuvieron que haber aprendido a diferenciar los mundos de los padres y el de los abuelos, pues ambos se desarrollaban en distintas generaciones; pero a la vez en el mismo tiempo. Los ejercicios internos de resiliencia infantil debieron haber sido muchos. Hasta el momento no tengo más información y, por lo tanto, no ahondaré en reflexiones.

Así pues, haciendo un análisis breve del entorno, todo parece indicar que Mario ha estado rodeado de personas que en sus propias historias de vida han sido resilientes. En las reflexiones que he hecho acerca del tema he comprendido que existen conexiones emocionales incluso con personas a las que no conoces demasiado ni tienes un trato cotidiano.

He leído que los seres humanos somos energía y, por ende, nuestros cuerpos vibran. No coincido en lo referente a que todo el universo está conectado, ya que entonces tendría que estar de acuerdo en que lo que le pase a una persona en el continente asiático afecta a otro que vive en América. A pesar de ello, estoy consciente de que existen cosas que no puedes explicar, como el hecho de que cuando una persona sonríe incentiva sin mayor esfuerzo a otra persona a hacer lo mismo. Nomás se da.

CAPÍTULO 8
EL ÉXITO

Ahora mismo me parece que son las dos de la tarde. ¿Es sábado o domingo? El ambiente es frío de nuevo, debemos de estar como a 18 °C. Ah, sí, ya vi, mi teléfono dice que es sábado, entonces la cita del día de hoy será en la Cantina 59B.

Como siempre, Mario estará puntual, típico de las personas resilientes. Pediré la mesa que está al fondo, esa para cuatro personas, aunque seamos dos. Esta vez llevaré mi libreta de apuntes, a veces entre charla y charla las mejores reflexiones se le pueden escapar a la memoria.

—Hoy se me antoja una copita de brandy.

—¡Qué brandy ni qué brandy! —espetó Mario—. Joven, joven, por favor, dos tragos de mezcal, de ese especial que te mandan de Guerrero, del que tienes en la garrafa de plástico de veinte litros. Por favor, del que huele a magüey y te pega como patada de mula.

Así iniciamos la plática ese día. Mario me contaba que a menudo, durante las reuniones familiares de fines de semana en las que el pollo o la carne asada en el brasero tradicional sacaban sus jugos y desprendían sus aromas, salía como tema de conversación determinar quién era el más fregón (exitoso) y los porqués.

Si algo caracterizaba las pláticas de los Terrero era que se tornaban en verdaderos debates. Considerando que el tema era casi libre, cada participante podía tener la razón, pues no había jueces calificadores objetivos, no había moderador ni había tiempo límite en el uso de la palabra. Si acaso la única forma de cortar a un interlocutor era preguntarle si ya se había acabado su trago. Niños, adultos y viejos podían opinar con libertad y con el mismo peso de veracidad. En fin, seguro ya se imaginarán los acalorados intercambios y sus resultados.

Dilucidar quién era el mejor en la familia planteaba una definición multifacética, además de que en la mayoría de estos foros abiertos nunca se tomaron acuerdos. En momentos se ponderaba al que tenía más dinero; en otras, al que había sido mejor deportista. También el ser o haber sido el mejor estudiante daba un plus; quien había viajado más, quien tenía la casa más bonita, etc.

Tal vez de lo que se trataba de desarrollar en dichas discusiones, al son de la música de viento, buena comida, mezcal y cerveza era en realidad contar las historias de éxito entre los adultos. No se lograba identificar en primera instancia, pero era una estrategia para convertir metas aspiracionales para los menores. Se estaba formando lo que defino como el objetivo de vida familiar. Mucho se dice que los valores, la personalidad y, en general, la forma de conceptualizar la vida y vivirla se origina en la familia cercana. Al escuchar historias y anécdotas como las de Mario, reafirmo estas aseveraciones. «Si en la mesa se habla de riqueza, habrá riqueza», escuché alguna vez.

En una oportunidad, recién cumplidos los 35 años, como cada diciembre Mario llegó a ver a sus padres. Le gustaba ir en esas fechas porque se celebraba el torneo regional intercomunitario de basquetbol, donde en sus años mozos, dicho sea de paso, Mario fue la estrella regional. De hecho, llegó a entrenar con la selección de su estado natal cuando era estudiante en la Normal Rural.

Don Juan sabía que a esa edad su hijo ya no estaba en su mejor forma física, pero aun así jugaría en el torneo. En el primer partido se corroboraron las predicciones, pues en efecto la otrora estrella del pueblo falló cinco de ocho tiros a la canasta, cometió cuatro fauls y no pudo entrar al último cuarto debido a la fatiga y al dolor en una rodilla. Esto no pasó desapercibido para don Juan, quien a lo largo del partido se tocaba la cabeza con ambas manos, gesticulaba, resoplaba y escupía al piso de vez en cuando como muestras de su inocultable enfado.

Mientras la cena se tornaba en una charla familiar de lo que había pasado durante el día, de entre la plática de tíos, sobrinos, hermanos y abuelos sobresalió la frase: «¡Mi hijo está acabado, ya no sirve para jugar!», una afirmación que hizo las veces de acusación tajante, matadora. Las palabras no pasaron inadvertidas para Mario, tan simple como que no podía asimilarlas. Su carácter y su fortaleza mental no se achicaban tan fácil ante una crítica, mucho menos viniendo de quien venía. Lo tomó como un reto que enfrentaría, aun con poco tiempo para superarlo.

Esa noche no pudo dormir, el canto de los grillos, el piquete de zancudos, el ronquido de sus hijos, pero sobre todo las palabras de su padre lo tuvieron intranquilo. Por la mañana, después del tradicional café con pan, la tenacidad se había posicionado en la mente de Mario, estaba decidido a demostrar que no estaba acabado.

Con los primeros rayos de sol, se colocó sus viejos tenis, agarró su balón y se dispuso a la práctica en la cancha de baloncesto. La frase «La práctica hace al maestro, niños», que tanto invocaba en el salón de clases, la estaba aplicando para sí mismo.

Ejercicios de calentamiento para estirar la rodilla lesionada y listo, práctica de tiros, dribles, rebote y saltos, todo para mejorar los encestes a canasta; elasticidad y fortalecimiento de las piernas, habilidad en las manos, pase certero y demás destrezas que poseía, pero que su cuerpo había olvidado.

En el partido siguiente, la exestrella metió seis de diez tiros a la canasta, cometió tres fauls y, aunque caminando, no dejó que le hicieran cambio para salir en el último cuarto. Sus números mejoraron en los dos juegos siguientes y se llegaba la final del torneo. ¿La exestrella estaba de regreso?, tal vez no como en sus mejores años, pero se notaba en la cancha el progreso físico. Se había convertido en la referencia de los jugadores; por su movilidad y entusiasmo, no parecía ser el de mayor edad en el equipo. Desde los alrededores se escuchaban gritos alentadores en cada jugada: «¡Vamos, papá!», «¡dale, tío!»; «¡mucho don Mario, mucho!», «¡ese es mi hijo!».

Para el día de la final del torneo, se medirían contra un equipo invitado del pueblo grande, un rival que tenía tres jugadores por arriba de los 1,85 metros; con una mejor alimentación que se reflejaba claro en su corpulencia, todos sus integrantes menores de 30 años. Había llegado invicto y con clara superioridad sobre sus rivales.

Desde el inicio, Mario junta a los jugadores, a los integrantes de la porra más cercana, algunos curiosos, y con tono serio al principio y desgarrado al final les dice:

—Miren, chavos, el otro equipo está lleno de toros, cierto, grandes y bien alimentados. Es evidente que nos ganan en estatura y peso, pero ¿qué creen? ¡No los vamos a cargar, los vamos a montar! A la cuenta de tres, ¡arriba El Rancho!: uno, dos, tres...

Durante el partido, Mario acertó trece de quince tiros, hizo solo un faul, entró y salió de la cancha hasta finalizar el encuentro, levantó el trofeo de mejor jugador del partido y se llevó el reconocimiento en aplausos del equipo contrario. Sí, su liderazgo, carisma y autoconfianza estaban de regreso. Su padre lo reconocía.

¿Entonces las personas resilientes son las que han visto el vaso medio lleno? No ven problemas, lo que ven son retos que originan ciertas circunstancias. Si bien para ellos nada es imposible de lograr, deben visualizar opciones, dar los primeros pasos, mantenerse firmes en los objetivos.

Enfocarse en las alternativas de solución es una forma de ver y vivir la vida. No basta un idealismo positivo, se requieren hechos y evidencias de los avances y pequeñas metas logradas; aprovechar la sensación de la intención.

Ahora bien, cuál es el momento de intencionalidad. Lo defino como el lapso de tiempo en que una idea te genera sensaciones como de cosquillas en el estómago, felicidad en tu corazón, excitación; como cuando te dan un regalo sorpresa, una alegría repentina al ver una fotografía, etc. Cuando tengas ese tipo de sensaciones por algo que quieras hacer o lograr, no solo visualízalo, pregúntate cuál es el primer paso para obtenerlo o para estar ahí; y si no lo encuentras, apóyate en alguien más, pero materializa la primera acción.

Antes de finalizar la charla y antes de tomarnos el tercer caballito de mezcal, se me ocurre hacer una pregunta de cierre.

—Mario, ¿para ti qué es el éxito?

Para mi sorpresa, su respuesta concreta fue...

Lecturas recomendadas

El vuelo del águila
(Eduardo Anicharico)

Querido caos: ¡Gracias!
(Wender García)

Un pequeño hombre con grandes desafíos
(Gerardo A. Jaramillo Asencio)

Ojos de padre
(Fernanda Olea Burgos)

www.ingramcontent.com/pod-product-compliance
Lightning Source LLC
LaVergne TN
LVHW040958150826
845672LV00002B/759

* 9 7 8 6 1 2 5 1 1 2 5 6 9 *